大犬
謙謙
禮
‧
謙
‧
有

林　煥　彰

詩　畫　集

推薦序

詩散文的哲思，
或者生活的散文詩？
——林煥彰詩畫集《犬犬‧謙謙‧有禮》序

宋熹（詩人、中興大學歷史系教授）

　　四十年前，我還是一個文青（也是浪漫的憤青），跟煥彰先生老早即因文學而結緣。他的行文可說是沒有虛假的語言，樸實無華、平易近人，「都是一種身歷其境的感懷之作，既無風花，也無雪月……煥彰是個對社會底層現狀頗有體驗的踏實作家，他所寫的絕對不是空洞的未來，而是確確實實自己生活著的現在，而且大體的表現在四方面：生命、友誼、思想和愛心。……畢竟它們都是生活中最最牢不可分的東西。」當年我在《書評書目》發表煥彰先生《做些小夢》散文集的書評時，即已做如是觀，至今仍然沒有改變，可見人如其文，既尊重生命情懷，又全身洋溢愛心，更且生活常帶哲思，數十年如一日。

　　自2015年起，煥彰先生開始進行每年出版十二生肖的生肖畫詩畫集永續計畫，從猴年、雞年再到現在的狗年，十足襯托出他的愛詩愛畫玩詩玩畫永無止盡的童趣愛心。2017年5月16日我邀約煥彰先生蒞臨中興大學進行通識講座，演講題目刻意地命名為「老頑童的文學之路」。因此，如今所出版的《犬犬‧謙謙‧有禮》詩畫集，正是這位童趣愛心老頑童的精心製作，也人如其文地映襯出童

趣、哲思及愛心的生命情調，彌足珍貴，值得珍藏。

在這本詩畫集中，不只可以發現煥彰先生童真再現作畫的神來之筆，更可透露出童趣盎然、生活哲思及無盡愛心的三大生命情調母題。首先，要指出其詩歌中經常浮現童年憶往的素描，煥彰先生一方面不時回味童年的純真樸實，譬如，「啊——！回不去的童年，我該向兒童學習」（如她——有顏色的詩.10），「我守護心中一方水田，回到我童年，它映照我／童年留下的／一些些腳印，深深淺淺」（水田・心鏡），「我，一年一年的年老了／步伐一定慢下來；童年還是／十五歲以前那個童年，活蹦亂跳」（童年在等我）。另一方面，也透過靈光一閃的巧思，閃現雋永童真的詩句，譬如擔心海水夜深了冷不冷，形容海浪「把自己的裙子掀高呀」（海，不冷嗎），提到七月考試季「大考小考，烤焦了番薯、地瓜、芋頭／也可烤雞烤鴨烤豬烤牛烤羊⋯⋯／如果我是素食者呢？／天吶！就烤我自己吧」（七月的想法），天真曼妙的童心，由此可見一斑。

其次，煥彰先生經常旅行，除了自稱他的家移動於礁溪和台

北，「一個人在路上，兩頭都是回」（在路上.2），心中的蘭陽平原「鋪滿了翠綠地氈」（想她——有顏色的詩.1），永遠都是他夢裡的故鄉，在在可以看出煥彰先生的戀家情結，所以他能夠寫出「望我遠方遠方的我的我的家屋裡家屋裡的燈燈的微弱在我的遠方的我的瞳孔裡閃爍⋯⋯／望我遠方遠方的我的我的家屋裡家屋裡的燈燈的微弱在我的遠方的我的瞳孔裡微弱⋯⋯」（望我遠方的家屋的燈）林亨泰防風林式的美學語言。此外煥彰先生又是一個為詩為文學流浪的旅行家，他自況以詩以畫，就那麼少少，幾筆幾畫，寫長長的一生（賭可，不賭可乎？），他說「我該為與我同行的一首詩，也裝上翅膀／只為詩飛行」（與詩同行——有顏色的詩.9），故而生活閱歷豐富多彩，酸甜甘苦的滋味體驗也深，譬如藉由阿勃勒張燈結綵的黃金雨，感嘆這小小的一生，沒做過什麼，已夠風光（求她——有顏色的詩.13），又聯想到：

> 流蘇、魚木、油桐，哪樣不是樹
> 樹也照樣開花，開開心心
> 你看過木棉吧！也看過苦楝，誰說他們不苦，不也照樣風光
> 我也苦過呀！小時候，現在也是，但望回甘⋯⋯
>
> （四月的想法）
>
> 康乃馨，金針花，萱草⋯⋯不是美不美，她們從不計較
>
> （五月的想法）
>
> 路邊酢漿草的小花、牽牛花、霍香薊
> 我從未睥視她們，玫瑰、牡丹、繡球花，我照樣欣賞。
>
> （十月的想法）

蝴蝶從不計較

她，該擁有多少

玫瑰、薔薇、月季、牡丹……

她都有過

她，飛來飛去，不必全都穿在身上

才算擁有

（愛她——有顏色的詩.5）

花團錦簇之中，看似卑微，卻見造物的偉大，也折射出煥彰先生頓然由詩人變裝為生活的哲學家，顛覆了沙特存在主義哲學，認為存在是卑微的，存在是不存在的（狗和我對話），神祇存在於不存在的時間和空間，我存在於存在的不存在之外，我仍不存在（卑微的坐姿），最終，煥彰先生悟出了他獨特的人生智慧語絲，就是：如果我能微雕，每一根髮絲都是一部心經（讀她——有顏色的詩.17），也透過微雕一滴淚的懷舊過程，體認出：

一滴淚，夠晶瑩剔透

透過我自己老花的眼睛，讀它；讀不懂的是，自己的一生

一顆淚，我用於微雕一首長詩

長長如長江水；蓄滿我父我母和我自己

已經夠長的一生

甚至更導出一個假設命題的大結論，就是「柏拉圖、蘇格拉底，我也會想／孔子老子莊子，只不知他們想不想我？」（九月的想

法）。

　　煥彰先生是一個生活的詩人，觀察周邊的事物，可謂肌理細
膩，所以在他心目中大寒之後，賴床抱著取暖的毛毯，他覺得「和
她睡了一夜，她知道／我的體溫，需要」（之後又如何）；他也可
以效法李商隱留得殘荷聽雨聲，可惜「一整夜，她說了很多話……
／我都沒有聽懂」（她說了什麼），而且心有靈犀地感受到，寒風
中的野菊在石縫中擁冰自囚（野菊），夜晚失眠翻身之際，體驗出
竟然有睡眠的邊界，還有睡眠的起點之別，不禁感慨如果綠繡眼也
已經早起，該請牠為豪雨過後的林間譜一支失眠曲，送給寫詩的人
（送她）。如上所示，這些日常生活的實際洗鍊，造就煥彰先生躍
升成為一個市井的哲學家，時發人生啟示的警語，譬如：

　　　我常常與時間拔河，他是隱形的

　　　巨人

　　　我明明知道，自己肯定是

　　　會輸的，我還是利用深夜

　　　偷偷再次去報了名

　　　　　　　　　　　　　　　　　　　　（與時間拔河）

　　　如何承載

　　　眾聲喧嘩，萬頃雪崩……

　　　清脆琴音，穿越古今……

　　　　　　　　　　　　　　　　　　（黑與白，至高無上）

如果每片荷葉都能為我捧著

一滴淚，珍珠鑽石又能算得了什麼？

（八月的想法）

夜裡，是我打開的一本書嗎？

我仰望天際，和白天不一樣

我讀不懂的奧義，都藏在

每一顆星子裡

（夜裡，我打開的一頁）

蝸牛的生活哲學，就是要慢──

慢慢慢，最好是一天只走一吋半；

（慢，慢慢慢，蝸牛的生活哲學

──祝賀小太陽之父林良爺爺2017年生日快樂）

以上一字一句平淡中見自然，躍然紙上，可供日常生活的座右銘，究竟它們是夢中囈語，還是心靈小語？答案當然是後者。

最後，要特別一提的是，煥彰先生詩文當中洋溢著永無止境的愛心，如所週知，愛之一字，受中有心，所以他經常掛在嘴邊，同時也放在心上，身體力行地在詩中宣示「愛要有／心；不論放在右邊左邊／時刻都要帶走」（兔子的想法），「把家放在心上；／永遠是我放心的地方」（家書三行），「漫漫長夜，只為／寫一個有心的字」（給她）。愛屋及烏，煥彰先生對於詩文學的鍾愛一生，想像自己一輩子寫詩，形同委身「嫁」給詩的女神繆思（嫁，女要

有家），甚至試圖透過戒指的圖騰與意涵，來跟詩神套牢婚姻的永恆約定。他信誓旦旦地說「戒止，止戒，婚姻就回到／還是回到當初，吾愛你愛／一只約定，小小的／銅環戒止」（戒止‧止戒），戒止是戒指的諧音，三〇年代錢鍾書小說中曾經把婚姻形容為圍城，有的人拼命地想要擠進去，有的人死命地急著逃出來，煥彰先生把戒指刻意重新命名為戒止，似乎頗有漢字說文新解之趣，但不知是否也曾聯想到錢鍾書婚姻圍城的巧譬？

2014.12.26

推薦序
行走中完成的詩
——林煥彰詩畫集《犬犬‧謙謙‧有禮》序

卡夫（新加坡詩人、詩評家）

一

　　這些年來，煥彰老師一直在路上為詩奔波，四處演講，尤其在小朋友群中推動詩寫作更是不遺餘力，難得有機會可以坐下來好好寫詩。不過，對他來說，無論身在何處都能寫詩，他不會錯過任何一個可以與詩神接觸的機會，他的詩幾乎都是在路上完成。

　　在上山或下山的社巴上、在捷運板南線上、在公車921去三峽途中、在嘉義返北高鐵往南港站上、在航班CI 509飛無錫途中、在羅東轉運站、在詩篇咖啡餐廳、在廈門海滄漁人碼頭愛築精選酒店405⋯⋯煥彰老師雖風塵僕僕，卻是處處有詩，一日不可無詩。

　　他是一個與詩協同前行的詩人，他這種讓詩永不言倦的精神值得身為晚輩的我們學習。

二

　　詩集分五卷，我們可以由此看見煥彰老師一路上行走的風景。

　　【卷一】想，我的想

　　煥彰老師以詩集中唯一這首一行詩為卷一卷名，用意十分明顯，他解釋了自己怎樣在路上邊走邊寫詩。

　　想，想我的想與不想的想還在想

　　旅途中，無論是短程或長途，他與許多人不一樣的是，他不是在滑手機、玩遊戲或發簡訊，也不是在打瞌睡，他一直在想「他的想」與「他的不想的想」。他在車上或飛機上連轉身都不易，但這並不能限制他的詩想空間，平日生活中觀察或體會到的種種點點滴滴，這時候正是「趁虛而入」，佔滿他的時間，讓他有機會可以去蕪存菁，整理成詩。晚上回到自己的研究苑再重新潤飾，一首首行走的詩就是這樣完成了。

　　我們無法知道煥彰老師「不想的想」究竟是什麼？其實也不需要知道，因為他「在想的想」已經足以讓我們去詩「想」了。在南京玄武湖畔春季講學途中，他寫下這樣的詩句「家，永遠是我放心的地方」（〈家書三行〉），在另一首詩〈望我遠方的家屋的燈〉，他

反復的如此寫著「望我遠方遠方的我的家屋家屋裡的燈燈的微弱
在我的遠方的我的瞳孔裡閃爍……」這樣的詩句彷彿就似這卷中的
另一首詩〈敲我，天地迴音〉一樣，讓人讀後久久不能平息。

　　為什麼煥彰老師會對「家」有如此強烈的感情？他在另一首詩
裡給了我們答案。

　　　　哪兒都是家。故鄉，父母不在

　　　　家，移動；妻不在，我獨居！

　　　　　　　　　　　　　　　　　　　　　　　　　〈在路上.2〉

　　這是多麼令人感傷的一種詩緒。

　　其實，他想的何止是自己的家，在〈冷，霜降──觀兩岸‧兩
岸觀〉中，短短四行，憂國憂民之情溢於言表。

　　　　今天降霜。

　　　　冷，是應該的

　　　　不冷，也該冷

　　　　我打心底顫抖

　　這首詩是在冬天寫的，他藉著氣溫的變冷，折射出兩岸的關
係。「冷」是應該的，這不只是一種自然景觀，更因為台灣的「變
天」是對岸不喜歡的。詩的關鍵在第三行：

不冷，也該冷

　　如果第一行是大環境的改變（降霜），第二行就是從對岸的角度來看這種轉變（冷，是應該的），第三行則是從台灣的角度來看，執政者如此粗暴地對待兩岸的關係，毫無外交技巧可言，所以「不冷，也該冷」。煥彰老師面對這種局面，對未來的感覺是無能為力卻又無處可逃，怎不要他心寒呢？

【卷二】有顏色的詩

　　煥彰老師也是個畫家，不同的色彩對他而言具有不同的隱喻意義，我們可以藉著他給詩塗上不同的顏色，還原他眼中的原始世界。在卷二「有顏色的詩」序中，我們看見的是一個黑白的世界，他認為：

　　黑與白，絕非對抗

　　黑與白，是天與地，是男與女、是父與母，是這個世界的初衷。然後，他給她塗上了不同的顏色，寫下了「想她、給她、還她、念她、愛她、戀她、揉她、騙她、如她、送她、求她、難她、問她、叫她、讀她、等她」一系列充滿想像力的詩。在不同的詩裡，或者說在不同的情境裡，在他不同的詩想裡，「她」就是整個世界，只是以不同的顏色（身份）出現。
　　比如：在〈想她〉中：

二三月插秧，

四五月就鋪滿了翠綠地氈，

蘭陽，我的故鄉

她是翠綠地氈，是他的故鄉蘭陽。

在〈念她〉中：

藍，帶著憂鬱及其他，不便細說

地中海、義大利、挪威、冰島、雪梨

其實，我都沒有去過

哪有資格想她或她們，等等？

她們是藍色憂鬱，他沒有去過的地方。

在〈騙她〉中：

如果我潛入海底能變成一條魚，

我願意保證，一定忠實的告訴她

我看到的海水的藍，確實就是海水

本來的那一種藍——

是的；但天下事本來就未必是

你說了算，我還有我心中的藍

雖然海水的藍也是藍，但在此情境中，煥彰老師的「藍」與前

一首的「藍」隱藏的詩意就截然不同了。

　　有時候，煥彰老師在詩中的用色就像畫畫一樣，十分大膽，也充滿想像力，比如在〈讀她〉中：

　　如果我能微雕──
　　每一根髮絲都是，一部心經

　　我該重新讀她
　　千百回；讀她每一根都附帶記載
　　我每一次抒寫的情詩，想想

　　句句都是鮮血凝鑄；默默細讀。

　　這是他嘔心瀝血的微雕，自然是鮮血凝鑄。

　　【卷三】十二月的想法

　　卷三與卷二一樣，是這本詩集中的另一個特色。

　　煥彰老師別出心裁，在卷二中，給出現在眼前的外在世界（她）塗上不同的色彩，藉以表達他一路走來的詩想。在卷三中，他則選擇以時間的排列，隨著季節的變換來詩寫自己內在的想法：

　　〈一月的想法〉
　　一月不錯，凡事都要從頭開始

〈二月的想法〉

二月還好吧！那就

讓櫻花、杜鵑、杏花相繼出場

〈三月的想法〉

三月，誰來擔綱?

我還沒有想好

〈四月的想法〉

我也苦過啊！小時候，

現在也是，但望回甘……

〈五月的想法〉

康乃馨，金針花，萱草……

你能忘掉嗎？媽媽，媽媽

〈六月的想法〉

夏至，有夢，丟給荷花

昨兒夜裡，她曾來過了嗎？

〈七月的想法〉

奇數的月份，似乎

都未受到重視；大考小考

〈八月的想法〉

八月，生日，我的夢

該交給誰？

〈九月的想法〉

孤挺花，百合花，石蒜……

一定都有她們自己的想法

〈十月的想法〉

我是很喜歡看花的，只不知

她們喜不喜歡看我？我該認真學會，

讓別人喜歡看我。

〈十一月的想法〉

要冷了嗎？忍冬花該開始開，

不宜太遲，忍當該忍

〈十二月的想法〉

每個人都該有夢

（以上均係節錄）

閱讀這十二個月的詩寫，彷彿就像在觀賞一幅幅來回播放的電
影畫面，我們除了可以隨時快速、慢速與倒帶的方式欣賞外，也可

以在某個時間段落定格去細細體會煥彰老師當時的心情，從而對他的詩想有更進一步的瞭解。

三

詩集中【卷四】微雕一滴淚，和【卷五】紅面蕃鴨怎麼想，初讀時看似不像【卷二】和【卷三】那樣有明顯的脈絡可尋，不過細讀後卻發現它隱藏著兩大主題：

一是對「過去」有一種難言的惋惜和眷戀，在〈童年在等我〉中，他如此寫著：

不必等了！等了也白等，
老，必須要承認
哪有人不老？

即使他此刻現在站在我面前，
我也不認得了，那娃娃的臉兒，
憨憨厚厚的質樸的模樣，是多麼
令人羨慕呀！如果我是他，
我也該多雀躍！

在〈微雕一滴淚〉中，煥彰老師藉著微雕一滴晶瑩剔透的淚，詩寫三歲時的記憶和身世。詩的最後一節是如此總結的：

我微雕的

一滴淚，是的，是夠透明了

它，還凝固的一直掛在我畫滿了魚尾紋的眼角

迴照我，我還未讀完的我的

這一生……

我們讀詩集，知道他的一生是坎坷不平，所以「淚」這個意象就概括了他的一生，具有強烈的象徵意義，煥彰老師不但藉著它反思過去，最重要是還迴照著還未讀完的這一生。

二是對故鄉的深厚感情，在〈五峰旗和二龍村〉裡，他寫下這樣的詩句：

一山一水，有山有水

我的故鄉，在礁溪；

祖先流浪的終點，

我流浪的起點……

山，雪山

一重又一重

綿延千萬裡，重重疊著壓著

離鄉背井的人，

越去越遠……

水，二龍有水

一程又一程，

　　蜿蜒千萬裡，小河大河

　　一起流向大海，

　　我，一去也不復返

　　也正因為如此，他才會在不同的詩篇裡對這片念念不忘的土
地，做了許多不同角度的詩寫。

　　煥彰老師詩歌的魅力來源自他有一顆容易被觸動與真誠的心，
外界的一點「風吹草動」都會讓他忍不住，準確地捉住那瞬間的
感動，迅速地切入詩境。即使他是在路上，依然還時時保持著這
種難得的衝動，我們也才有幸得以閱讀到這本一直在行走中完成的
詩集。

　　　　　　　　　　　　　　　　　　　　　　　　　　新加坡

　　　　　　　　　　　　　　　　　　　　　　　　2018年2月6日

CONTENTS

卷二　有顏色的詩

卷三　十二月的想法

卷四　微雕一滴淚

卷五　紅面番鴨怎麼想

卷首詩

狗和我對話

林煥彰

存在，我有權利。
狗說。

存在，是卑微的。
我說，我不只對狗說，
我也對我自己說。

存在，是不存在的。

2017.11.04 /19:18
研究苑

想，想我的想

我還是選擇想，讓它／更痛！

之後又如何

大寒之後，更寒

每天醒來，我習慣賴床

抱著毛毯煲暖；

和她睡了一夜，她知道

我的體溫，需要

繼續加持。今天還是冷！

（2017.01.22／07:47研究苑）

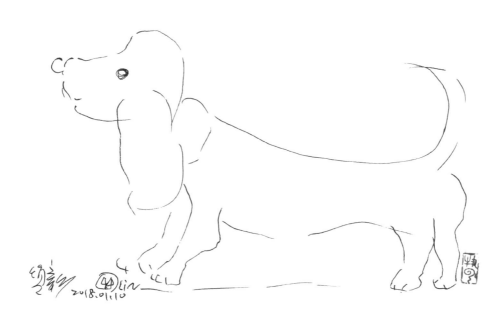

理由很簡單

理由很簡單，不是沒有

只是想她；再久遠的時間，
都不是問題，問題只在

想她；千辛萬苦——

跋山涉水，累世涉水
跋山，沒有其他……

（2017.02.01／07:24研究苑）

在路上.1

一個人，就有
流浪的理由；背後更多……

在路上，我必須
向前走……

（2017.02.18／捷運板南線上／憶寫02.05中午青年詩人
曾念暗中拍攝我拉著行李箱走向國家圖書館的背影照）

在路上.2

上午回礁溪，晚上回台北；

一個人在路上，兩頭都是回
走到哪兒——

哪兒都是家。故鄉，父母不在
家，移動；妻不在，我獨居！

（2017.03.05／13:16下山進城社巴上）

斷句・想她.1

我在想她，她無須知道
詩知道；我不會騙她，
在最想她的夢裡，依樣
隱藏著。我在想她……

（2017.03.06／08:00捷運已過頂溪）

斷句・想她.2

想或不想之間，也許
是一種痛；
我還是選擇想，讓它
更痛！

我在想……

（2017.03.06／08:20公車921去三峽途中）

春天的名字

春天該有她自己的
名字，用花來寫她

不同的花，表現不同字形
自然就有千萬種不一樣的字體；

她就愛這樣，應該要這樣
用各種不同的花，讚美她。

（2017.03.19／20:18研究苑）

春來百花開

太美了！誰說了算？

春來要即時，向她靠近
和她一起拍照！

不，還是不要——
別搶她光采。

（2017.03.19／22:22研究苑）

給自己
──我屬兔

1.兔子的眼睛

我不灼傷人家名利；

世界太暗，我必須為我自己
照亮前面的路……

2.兔子的耳朵

我想聽寂靜的聲音；

能發自內心的，必然
真誠平和，沒有紛爭。

3.兔子的想法

不能沒有心，愛要有
心；不論放在左邊右邊，

時刻都要帶著走。

（2017.03.28／13:05羅東轉運站）

2018.01.07

家書三行

想家的時候，在千里之外；

不想家的時候，把家放在心上；

家，永遠是我放心的地方。

（2017.04.20／21:01在南京玄武湖畔春季講學途中）

想，想我的想

想，想我的想與不想的想還在想……

（2017.04.21／03:29玄武湖畔古南都明基酒店527）

望我遠方的家屋的燈

望我遠方遠方的我的家屋家屋裡的燈燈的微弱在我的遠方
的我的瞳孔裡閃爍……
望我遠方遠方的我的家屋家屋裡的燈燈的微弱在我的遠方
的我的瞳孔裡微弱……

（2017.04.21／03:18玄武湖畔古南都明基酒店527）

2017.09.15

敲我，天地迴音

──觀台南仁德糖廠文創園區十鼓演出

敲我！敲我！敲我！敲我！敲我！

敲我！敲我！敲我！敲我！敲我！

重重的用力敲我！

十鼓，十張大牛皮繃成

十個大鼓，它們同時大聲說：

敲我！敲我！敲我！敲我！敲我！

敲我！敲我！敲我！敲我！敲我！

重重用力的大力的敲我！！！！！！！！！！

（2017.05.06／12:46竹山紫南宮朝聖之後）

2017/10/15 武漢 云沼新地

盛夏・剩下

后羿射下的九顆太陽，
千億年療傷之後，今夏已全癒
──回到天上

天下萬物均已乾透，
剩下遍地
枯骨，齊將成灰……

（2017.07.21／08:39研究苑）

2006. 2. 8

卑微的坐姿

卑微的本是一種坐姿

安靜的儀式；我心中有一尊

神，祂存在於

不存在的時間和空間

我，存在於存在的不存在之外

我仍不存在。

（2017.11.04／13:19研究苑）

致最　醉芙蓉

天下美女，要是懂得禮儀和裝扮

理當向妳虛心學習；

白天，要和太陽見面

潔白套裝賢淑大方

傍晚，準備和月亮約會

粉紅洋裝妖嬈嫵媚！

（2017.11.04／23:04研究苑）

當我不再春天

雲在雲裡，是一種雲

我在想妳，是一種想

花有四季，四季有花

我不曾在意春夏秋冬，

當我不再春天的時候，我還有

夏天秋天和冬天……

（2017.11.05／16:41捷運板南忠孝敦化）

辛巴威，2194年
一日逃家小冒險變成攸關生死
美好的古文明傳說成了錯綜複雜的現實世界
你，12歲，你要如何選擇你的路？

冷，霜降
──觀兩岸・兩岸觀

今天降霜。

冷，是應該的
不冷，也該冷

我打心底顫抖。

（2017.11.21／18:10嘉義返北高鐵正抵達南港站）

海，不冷嗎

天冷了！夜深了！
海，不冷嗎？

她，怎麼還是不停的
把自己的裙子掀高呀！

（2017.11.30／08:27改寫研究苑）

雨，她說了什麼

雨要下的時候，

不會只有一種心情；

一整夜，她說了很多話

直到天亮，我都沒有聽懂……

（2017.12.02／00:30研究苑）

與時間拔河

我常常與時間拔河，他是隱形的

巨人

我明明知道，自己肯定是

會輸的，我還是利用深夜

偷偷再次去報了名⋯⋯

（2017.12.02／08:25研究苑）

聽雨聲.1

雨天。這裡下雨
第幾天？

聽雨聲，聽心聲
聽聲聲踩踏遠去的心聲⋯⋯

（2017.12.03／10:43研究苑）

聽雨聲.2

山裡的雨，他們在深夜
也忙著趕路；

已經第十天了，夜夜都踩踏著
每片葉子的胸口

急急遠去⋯⋯

（2017.12.04／07:23研究苑）

寒風中的野菊.1

未達萬苦，已至千辛

冷冷尖硬，刺骨
夜夜擁冰自囚；在石縫中，

年年夜夜，寒風
親灼……

（2017.12.05／12:53研究苑）

寒風中的野菊.2

未達萬苦，已至千辛

冷冷尖硬，刺骨
夜夜擁冰自囚；在石縫中……

（2017.12.05／12:53研究苑）

卷二

有顏色的詩

玫瑰、薔薇、月季、牡丹……／她都有過

黑與白，至高無上
——有顏色的詩・序

淡定。如山

一座純淨的心靈，如何承載

眾聲喧嘩，萬頃雪崩

無動於衷

清脆琴音，穿越古今

雪山冰壑

於焉升起，天籟共鳴

黑與白，絕非對抗

一個卑微的心靈，因它而偉大

一個偉大的心靈，因黑與白純潔而

至高無上；我的愛

算得了什麼，如無眾神加持

何來震撼！

偉大，因為渺小

渺小，因為偉大

黑與白，天與地

男與女，父與母

萬頃雪崩當前，於我何懼

天籟天啟……

（2017.02.10／09:22研究苑）

想她
──有顏色的詩.1

二三月插秧
四五月就鋪滿了翠綠地氈
蘭陽，我的故鄉

我常在夢裡想她……

（2017.05.17／13:01車過壯圍快到羅東）

給她
──有顏色的詩.2

白，桐花的白，真白

有黑咖啡提神
六月也值得等待；

漫漫長夜，只為
寫一個有心的字，

給她。

（2017.05.18／10:50研究苑）

還她
——有顏色的詩.3

想她，給她，還得還她
嘔心瀝血，那顏色夠鮮夠美
我，如何保鮮？

一生夠長，那期限是否也還是
我剛剛從心中掏出來的？

（2017.05.18／12:12研究苑）

念她
——有顏色的詩.4

海天一色，再遠也不過我的專注
眨眼瞬間；藍，非普通的
藍，帶著憂鬱及其他，不便細說
地中海、義大利、挪威、冰島、雪梨……

其實，我都沒去過
哪有資格想她或她們，等等？

（2017.05.20／21:03研究苑）

愛她
──有顏色的詩.5

蝴蝶從不計較

她，該擁有多少
玫瑰、薔薇、月季、牡丹……
她都有過

她，飛來飛去，不必全都穿在身上
才算擁有

（2017.05.22／20:29研究苑）

戀她
──有顏色的詩.6

在深山夢裡迷路。何年何月何日何時，
全然不知；有霧，瀰漫
只能說，很濃很深很厚很厚

紅檜、扁柏、梢楠、柳杉、牛樟、櫸樹……
凡我能說，它們仍堅持千年乃至千萬年
憐我，護我；我何其有幸？

（2017.05.23／17:05 Cl509台灣飛無錫途中）

揉她
──有顏色的詩.7

一心二葉，如何揑她
才不傷及自己的心？

有日有夜，夜夜葉葉都得悉心
揉，從未聽她喊過一聲

痛！

（2017.05.23／17:30 CI509台灣飛無錫途中）

騙她
──有顏色的詩.8

如果我潛入海底能變成一條魚，
我願意保證，一定忠實的告訴她
我看到的海水的藍，確實就是海水
本來的那一種藍──

是的；但天下事本來就未必是
你說了算，我還有我心中的藍。

（2017.05.24／03:15常州北區雲庭國際酒店8203）

與詩同行
──有顏色的詩.9

此刻，剛從無錫起飛
我該為與我同行的一首詩，
也裝上翅膀；

今生，首度被升級為商務貴賓
我不經商，只為詩飛行
周遊列國，常常不平常

空姐給我一杯白酒；她有問過我，
想喝點什麼
白酒剔透，映照機艙外的藍
一碟新鮮水果，五色
我依序品嘗：

奇異果一片，哈密瓜一片，西瓜一片
火龍果一片，香桔士兩瓣
新鮮的──
我用時間，慢慢咀嚼
它們是裝在一只方形的白瓷碟中；

還有一盤四色點心，白色瓷盤盛著：

綠色薄餅一片，黃芝麻星星點點

金黃糯玉米一塊，玉米三排粒粒金黃

蛋黃小麵包一個，秀出三道圓圓圈圈

脆皮香穌糯米糕，黑芝麻糊甜甜的餡

我依樣依序用心，一一品嘗

但每樣我都留一些些；平時少吃甜……

此刻，空姐再度前來，蹲著

我注視她明亮黑白說話的眼珠，

她輕輕細語：再過25分鐘，

將降落桃園機場——

我知道，回家真好。

（2017.05.26／16:55 mu2931／7C返台途中）

附註：此行，應邀在常州北區新橋實驗小學參加「兩岸童詩
　　　教學研討會」，5月24日下午做了一場40分鐘的專題
　　　演講：〈從童心出發〉；第二天，針對四五百個三
　　　至五年級學童，又做了一個半時演講，談〈玩文字‧
　　　玩心情‧玩創意〉；下午又一場，在鐘樓實小，面向
　　　三百多位二年級小朋友及近百位教師和閱讀推廣者，
　　　以相同講題談我如何為兒童寫詩；26日上午，再到新橋
　　　實小，為十多位童詩課程專任教師談兒童詩教學等。

如她
——有顏色的詩.10

如果白是一種顏色，

我的愚蠢無知，也當接近她；

如果黑是一種顏色，

我的白癡單純，也當等同她！

啊——！回不去的童年，

我該向兒童學習；純真善良。

（2017.06.04／23:09研究苑）

當她
——有顏色的詩.11

當我翻身之後，我還在睡眠的邊界

00:00/01的時候，我的黑

或會更濃，還是要從百分之一百的

成分當中，開始扣分扣秒？

喔！天空的魚肚是一種白，

太陽上升的時候，黑白該都已不存在

（2017.06.05／01:15研究苑）

送她
——有顏色的詩.12

03:15/30～

當我再翻身之時，我仍在睡眠的起點

——黑白早已平分；

如果綠繡眼也已經早起，我該請牠

為豪雨過後的林間譜一支

失眠曲，送給寫詩的人……

（2017.06.05／03:30研究苑）

求她
——有顏色的詩.13

六月，阿勃勒已在我走過的圓山路上

張燈結綵；長達六點六公里，

如金急雨，嘩啦嘩啦

傾瀉而下！！！！！！

啊！我這小小的一生，

沒做過什麼，已夠風光

（2017.06.05／04:01研究苑）

難她
──有顏色的詩.14

灰，不只有他在黑白中鬼混

黑白也不見得高人一等；

黑在白中，

白在黑中，

一樣是汙點。

都是汙點，不如一起混成灰。

（2017.06.06／09:33研究苑）

問她
——有顏色的詩.15

太陽黃，黃河黃，蛋黃黃，香格里拉那一大片四五月的油
菜花黃……
希臘藍，義大利藍，挪威藍，土耳其藍，玉山之上那一漠
漠天天的藍……
米蘭紫，波斯紫，普羅旺斯紫，伊犁迤邐那一大片更幸福
遼闊的紫……

我們的台灣的紅黃藍綠，不紅不黃不藍不綠，天天在我心
裡絞成一團；
不紅不黃不藍不綠，你問我，我問你，你我我你也可同時
問問自己：

何時還我歡樂七彩繽紛紅紅黃黃藍藍綠綠？

　　　　　（2017.06.06／14:13在昆陽等社巴回山區的家）

叫她
——有顏色的詩.16

白的。白的。我在我自己的小白宮；

她的存在，只在我心中

如果一定要有一朵花，她該會是什麼顏色

就不一定是那種；反正

花有千千種，只不過你不一定能叫得出她的芳名

也無所謂。你已經想過她了，她或許知道

你在想她

（2017.06.07／15:09國圖B1詩篇咖啡餐廳）

讀她
——有顏色的詩.17

如果我能微雕——

每一根髮絲都是，一部心經

我該重新讀她

千百回；讀她每一根都附帶記載

我每一次抒寫的情詩，想想

句句都用鮮血凝鑄；默默細讀。

（2017.06.07／20:24捷運昆陽）

等她
──有顏色的詩.18

聽說我聽說我錯過了我聽說，我錯過了

一月梅花，錯過

二月櫻花，錯過

三月桃花，錯過

四月杏花，錯過

五月紫藤，錯過

六月的什麼的什麼，我都錯過了

聽說了我聽說了我錯過了很多很多的什麼的聽說；

從今而後，

我該如何面對

七月的，

八月的，

九月的，

十月的，

十一月的，

十二月的，玫瑰、牡丹、荷花、桂花等等，等等

（2017.06.09／10:17社巴到昆陽）

紫的，苦苦無悔
——有顏色的詩.19

我的普羅旺斯，幸福的紫，或

新疆伊犁，迤邐薰衣草，迤邐無垠

仍在夢中；我不曾著履

幸福他鄉……

要一輩子流浪也未必能走到

藍與紅的交界，可仍有望穿的眼神

願在我此生不確定的

馨香之中，苦苦無悔想望？

（2017.06.14／17:47研究苑）

卷三
———
十二月的想法

你看過木棉吧！也看過苦楝，／誰說他們不苦，不也照樣風光

一月的想法

一月不錯，凡事都要從頭開始
春天要開的花，她們都在準備；
再冷的北方，她們也不怕！
最早從枯禿樹幹、枝椏冒出
你看到了沒？不是只有禾綠的嫩芽尖兒，
還有珊瑚粉嫩的乳頭，花苞⋯⋯

（2017.06.24／12:38研究苑）

二月的想法

二月還好吧！那就
讓櫻花、杜鵑、杏花相繼出場，
我是沒有意見的；當然，
誰也不敢有意見
春天，有花就該珍惜呀！
如果沒有她們，你自己能開嗎？

（2017.06.24／12:24研究苑）

三月的想法

三月，誰來擔綱？

我還沒想好；等桃花李花都開過

也等我睡醒，

大概就不會有人遲到——

再遠的鬱金香、薰衣草、魯冰花

都該盛裝，這一年一度的大地花博呀！

（2017.06.24／13:00研究苑）

四月的想法

流蘇、魚木、油桐，哪樣不是樹

樹也照樣開花，開開心心

你看過木棉吧！也看過苦楝，

誰說他們不苦，不也照樣風光

我也苦過呀！小時候，

現在也是，但望回甘……

（2017.06.24／13:30研究苑）

五月的想法

康乃馨，金針花，萱草……

你能忘掉嗎？媽媽，媽媽

誰不這樣說出一生的第一句話；

所有的花，也都該向她們看齊

不是美不美，她們從不計較

我也只能默默懷念：媽媽，媽媽

（2017.06.24／13:42研究苑）

六月的想法

夏至，有夢，丟給荷花

在植物園的荷花池中，

我看到，葉葉捧著一朵

花，紅，又一朵……

昨兒夜裡，她曾來過了嗎？

（2017.06.24／07:18研究苑）

七月的想法

奇數的月份，似乎

都未受到重視；大考小考，

烤焦了番薯、地瓜、芋頭

也可烤雞烤鴨烤豬烤牛烤羊……

如果我是素食者呢？

天吶！就烤我自己吧！

（2017.06.24／08:14研究苑）

八月的想法

八月，生日，我的夢

該交給誰？

那年，荷花謝了，蓮花也謝了

我呆立在荷花池畔，我只是想

如果每片荷葉都能為我捧著

一滴淚，珍珠鑽石又能算得了什麼？

（2017.06.24／07:35研究苑）

九月的想法

孤挺花，百合花，石蒜……
一定都有她們自己的想法，
我的想法很簡單；我想
柏拉圖、蘇格拉底，我也會想
孔子老子莊子，只不知他們想不想我？

想，一個寫詩的人，有何可想？

（2017.06.24／08:04研究苑）

十月的想法

我是很喜歡看花的，只不知
她們喜不喜歡看我？我該認真學會，
讓別人喜歡看我。

路邊酢漿草的小花、牽牛花、霍香薊
我從未睥視她們，
玫瑰、牡丹、繡球花，我照樣欣賞。

（2017.06.24／08:34研究苑）

十一月的想法

要冷了嗎？忍冬花該開始開，

不宜太遲，忍當該忍；

除了她，還有誰樂意接受

冰天雪地的酷寒？

忍，就熬過了！熬過了就熬過，

一生能有幾個春天和冬天？

（2017.06.24／13:49研究苑）

十二月的想法

每個人都該有夢，

水仙樂觀；

她希望每天都能看到

自己──

水中，剔透晶瑩

（2017.06.24／07:18研究苑）

卷四

微雕一滴淚

一顆淚，我用以微雕一首長詩／長長如長江水；

我家門口
──誰的小腳印？

冬天的訪客，特別多！
可惜來訪未遇，因我
一大早有約，下山進城
──去了國家圖書館；

他們知道我寫詩，
慕名而來？我不認為，
這有什麼值得造訪的，我
只是一個平凡的人

跟你，跟他，跟大家
天天得出去找吃的！

（2017.01.05／20:50研究苑）

茶花不再昨日

茶花盛開，傾斜

想了一夜──

是雨，是露珠，是淚

都不是

滿滿心思，裝不下

日和月

我的日和夜的昨日的昨日，早已不見的

昨日的昨日，以及更多枯黃凋落

花瓣，以及

傾斜，以及都已不再的昨日的昨日

都已不再

昨日……

（2017.01.08／07:04研究苑）

附註：借用畫家北翠「花瓣裝不下、露珠和傾斜」，寫下這
首想茶花的小詩，應和。

嫁，女要有家
──男也要嫁

朋友嫁女兒，我沒問她──
失還是得？
她心花燦爛，綻放在臉上
我當然是恭喜她，
女兒有自己的家，就是好事，
值得慶賀；喜餅捧在手心
甜在心頭。

至於我，我是男的；
如果我也興起想嫁，那這嫁字
該如何寫它？
倉頡造字沒想到這問題，現在
這問題就困擾著我！

我，從年輕開始就愛上詩，
我想我一輩子都寫詩，
詩又有個專屬的女神，她叫繆思
那就讓我和她商量，要嫁
我就嫁給她！

（2017.01.18／10:01研究苑）

嫁，或不嫁
──致琴師

嫁，這個有女家的字
倉頡只造給女性，
女性也未必全都要靠它；

嫁與不嫁，並非書寫的問題
那麼簡單；世間事，
有你我所不懂的
我正在思考：嫁與不嫁──

有嫁，女子有家，
不嫁，女子照樣有家；
家是放在心上的。

還是嫁吧！
那要嫁誰？
不一定女子就嫁給男人，
剩女就嫁給自己。

自己，我孤單的
有琴有愛的自己。

（2017.01.19／10:37研究苑）

2017.10.27 厦门富安斯坊

堅持是必要

堅持是一種原則，它是
一種堅持的必要；

我必須堅持，我是人
有人的尊嚴，
有人的責任，
有人的樣貌；我有我的

樣貌，就是一種原則，
我的原則，我不會改變我的原則
包括你的，他的
以及很多的你，和很多的他；

我的以及不是我的，
都是一種原則，我尊重他人
他人的每一個人，
我一直都是這樣的清楚的堅持著；
一種骨子裡的堅持，和原則

我就是這樣的愛我自己，

愛我自己，就什麼都有了

我，愛我自己

（2017.01.21／19:53紀州庵森林文學館／
　　聆賞青年畫家、吟唱詩人黃安祖
《不相信愛的都死掉了》演唱會有感）

冬天的戀人

想她。想念南方，
如果我是候鳥，我當直飛
南方。那是一座島嶼，
溫馨恩愛的秘密基地，我們叫她
福爾摩莎，親愛的戀人

有她，我什麼都不要
我什麼地方也不去；像冬天
我常繫著在路上，在風中，
在夜裡，飄來飄去的一條
泛黃的白圍巾——

妳知道吧！她是我的，永恆的標誌
是我的永恆的
戀人。

（2017.01.23／08:24研究苑）

104

水田・心鏡
——丁酉大年初三午後返鄉

我守護心中一方水田，
回到我童年，它映照我
童年留下的
一些些腳印，深深淺淺；

深淺不一的那些腳印，
有的模糊，有的不敢確認
有些雞鴨鵝，還有些水牛
有些鷺鷥，有些水鳥和一些
白雲、烏雲，又有一絲絲
彩霞，一片片
落葉，一些些雜草，
一些些魚蝦……
都在寒風冰冷的水田中

今天，還在過年
農曆正月初三；回娘家的
大多已回自己的家，
只有我回到童年，沒有家的家
找我小時候的玩伴：

他們都已經年老了，已經認不得我了
我還穿著開襠褲，
那是假不了的，我小小的時候的童年
還愛流著鼻涕，
還愛哭，愛鬧的我的童年

我回到了我生長的農村，
宜蘭礁溪；桂竹林，
回到了近三萬個日子以前，我走過的
小河，水溝，田埂，
阡陌縱橫，編織時間的童年
那個沒有做完的黑芝麻一樣
小小的夢；夢回回到夢裡，
我出走流浪已逾一甲子的
童年的故鄉。

（2017.01.30／14:29首都客運台北回礁溪途中初稿，
　　　　　當日22:20礁溪回台北途中完成）

微雕一滴淚
──寫我三歲時的記憶和身世

一滴淚，夠晶瑩剔透

透過我自己老花的眼睛，讀它；

讀不懂的是，

自己的一生

一滴淚，我用於微雕一首長詩

長長如長江水；蓄滿我父我母和我自己

已經夠長的一生

望著，我望著遠遠望去的我父母百歲老去的背影

自己還孤立在一棵百年槐樹下，等我自己的童年

回到我心上，問他可還記得我

三歲時，孤伶伶呆立在一間陰濕低矮的鴨寮

和上百隻黃毛小鴨

已不記得了！那時，為什麼

父母都不在我身旁？像眼前的每一隻黃毛小鴨，

牠們破殼時就沒有了爸爸，也沒有了

媽媽

我微雕的

一滴淚，是的，是夠透明了

它，還凝固的一直懸掛在我畫滿了魚尾紋的眼角

迴照我，我還未讀完的我的

這一生……

（2017.02.19／13:54捷運板南線西門站）

戒止‧止戒

戒指，戒止
為何止戒？

一只銅環或黃金或白金或鑽戒，
都是一個小小的圈圈，
你想過嗎，你想到嗎
它，它為什麼要套在你手上的手指上？
你為什麼要乖乖、高高興興
或無奈，讓它套上？

戒止，還是止戒
男女婚姻，何止是一個愛字？
酸甜苦辣，人生百種千種
也不止是責任；它約定，它束縛
它，莫明其妙，也其妙莫名

種種苦惱，說不清；不能說，能說的
又何必說？
不說，別說，就一輩子相安無事

戒止，止戒，婚姻就回到

還是回到當初，吾愛你愛

一只約定，小小的

銅環戒止……

（2017.02.23／12:28研究苑）

故事的開始和結尾

故事是屬於以前的，我們也有我們以前的事

變成的故事；即使你缺席了

我也有我自己的已經流逝的從前的從前，

已不復記憶，

我總是愛這樣的去追憶那些已經是不可考的，

不曾寫在詩裡的風花雪月的從前；

這些那些，都不是什麼滋味

重要的是，除了自己

誰還會想它？不想都無所謂，要想也無從想起

曾經有過的種種，種種的過去是十分無聊的；

這不就是人生嗎？

一輩子很長，我都是這樣過的

現在也這樣；好在我寫了一些詩，記下了一些

無聊的人生，我就這樣的過了……

（2017.03.08／10:32捷運忠孝復興）

賭可・不賭可乎？

1.

賭，可賭乎？
春天賭一朵小花，不只
一朵；很多花都會一起賭，

一年就賭這麼一回，這一回
就是一生，長長短短
都無悔

2.

賭可，賭乎？
鳥就賭清晨的第一聲；清脆的晨音，

由內而生，那一夜
有夢無夢，夢回也在乎

今晨的這一聲！

3.

賭可賭乎？吾小賭就賭我這一生，

以詩以畫，就那麼少少
幾筆幾畫，寫我長長的一生

悲歡離合，也只不過吾父吾母，
吾妻吾子，吾子吾孫
再多也不過
我曾愛過的幾個女子，幾個女子
也未必都愛我？
我還是賭；賭，暗暗的下注

這賭可，不賭可乎？

（2017.03.17／19:43捷運忠孝新生）

童年在等我

是童年走得太快了嗎？
我，十五歲才離開故鄉；
是我走得太慢了嗎？
為什麼要人家等我？

我，一年一年的老了
步伐一定慢下來；童年還是
十五歲以前那個童年，活蹦亂跳
歲月，當然可以往前衝
怎會有上了年紀的人，能夠趕得上？

不必等了！等了也白等，
老，必須就要承認
哪有人不老？童年，照說
他也應該會老，幾十年過去了
他的面貌，也會大大改變
即使他此刻現在站在我面前，
我也不認得了，那娃娃的臉兒
憨憨厚厚的質樸的模樣，是多麼
令人羨慕呀！如果我是他，
我也該多歡喜雀躍！

好啦！他還算是不錯的

十分念舊，又相當有耐心；不過，

我還是會相當懷疑，他怎麼能認出我？

現在，我必須加快腳步，一直往前走

讓我趕上了他；當我看到他的時候，

我該怎麼開口向他打招呼，

說出第一聲

嗨咿——，感謝你

還在等我！

（2017.03.28／21:08在回山區的社巴）

誤診

春天，什麼都有可能

有位精神科醫師診斷：

他的心不見了！

他，就是我嗎

我是好好的，還想著一個人

但醫生還是堅持：

他的心，被偷走了

夜夜有夢，驚慌不已！

（2027.04.15／08:52捷運永安市場）

五峰旗和二龍村
──寫我故鄉

一山一水，有山有水
我的故鄉，是礁溪；
祖先流浪的終點，
我流浪的起點……

山，雪山
一重又一重，
綿延千萬重，重重疊著壓著
離鄉背井的人，
越去越遠……

水，二龍有水
一程又一程，
蜿蜒千萬里，小河大河
一起流向大海，
我，一去也不復返

五峰旗，有山也有水
有一座瀑布，
一疊又一疊，摺疊五層

層層書寫，一一流逝

心中塊壘

二龍村，二龍一河

上接汨羅，年年端午可以聽到

遠遠千古

屈原離騷，千年悲歌

鑼鼓喧天，詩祭千年……

（2017.05.14母親節／07:42研究苑）

卷五

———

紅面番鴨怎麼想

除了／醉言醉語，紅面番鴨／牠們還能怎麼想？

夜裡，我打開的一頁

夜裡，是我打開的一本書嗎？

我仰望天際，和白天不一樣

我讀不懂的奧義，都藏在

每一顆星子裡；

你說它小嗎？每一顆都裝著

億萬光年的距離，我的心事也能放大

億萬光年的倍數

啊！我何曾渺小過，如沙灘上的細沙

任何一粒，我要如何雕它

芒雕我的心事？是我回望我白天打開的

天空，一片晴朗，我的心是透明的；

毫無塵埃，我能坦蕩面對

宇宙，大地，翠綠一片

無一障礙，再多也無人多汽車多，

空氣污染，

政治惡鬥，人性貪婪；

我打開的書，最難翻閱的一頁，

月亮不見，星星不見

光害太多……

（2017.06.02／00:20研究苑）

玉山的野薔薇

野，非一般
野，原生的純潔；
白，我的最愛
白，我一生堅持；
四片花瓣，綻放美笑
幸福的符碼；

你，看到了嗎？
喜歡，喜歡就送給你；
但請記住，
年年金夏，六七月
你一定要記住，請你
到我故鄉來；

我的故鄉，福爾摩莎
請你一定要登上
台灣的第一高峰——
玉山；是聖山，
全世界都知道，

亙古不變

白玉之山！

（2017.09.09／09:29研究苑）

附註：美笑，借用韓國漢語，微笑之意。

紅嘴黑鵯的眼睛

我在看你，在老遠
專注凝視的在看你。

目鏡越厚，放大倍數越高
物鏡逐年換上更厚的目光，
在清晨山景中，我遇到
有一種鳥
紅嘴黑鵯，羽毛濃黑
是原民銜火燒焦的黑
獨在火中銜住火苗，嘴與腳
在希望中染成紅色
不論這是真實還是傳說，
我寧願相信
牠是真實的，生命的原始；
我會慢慢咀嚼，在深層的腦海中
它傳達一則故事，帶給我們
春雨的朦朧，晨光微曦
金屬的藍與灰，
鳥腹的陽光，陪伴我踏過
歌唱一座山色……

（2017.09.19／10:49抵達羅東轉運站）

有花，不因為季節

在曖昧的秋冬的牆角，我是

不習慣被窺視；季節

該來就來，一切如該開的花

就開，該謝的青春也要

走入歲月；猶豫躊躇是沒有道理的

要重來嗎？

春天的花，有櫻花杜鵑

桃花李花杏花，如鳳仙

夏天有荷或蓮，九重葛三角梅

桂花嘛

她算是低調的，玫瑰整年都有

你就別搶她的光采……

（2017.09.21／20:12研究苑）

一面窗之外

一面窗，我從內往外看
其實我應該由外往內看，
說得更白一點，我應該
看看自己的內心；

外面的人來人往，與我何干？
我該想想誰，而不該只看
人來人往

有風有雨，雨若打在我臉上
別誤以為我在流淚，傷心往事
何其多，還有未來的風雨
作為一面窗，我能看的
就只有眼前嗎？

我還是習慣看看自己，
自己往自己的內心看……

（2017.10.09／17:48胡思公館店）

想，不確定的里程

想，發呆的時候

我就想，想我剛來到的一座

新城市，在廈門海滄漁人碼頭

天，是有一點藍

不完全藍，正是午後

窗外是碼頭，有帆船

有一座橋，

有車子要去的方向，

有川流不息

想，想我下一段里程

會有星空，在夜晚

在不確定的夢鄉，就留給

今晚

（2017.10.23／15:31廈門海滄漁人碼頭愛筑精選酒店405）

想，不敢想的

熄燈以後，今晚的

不確定的里程，才要開始；

窗外那座大橋，

是點燈的銀河，星星不僅

在天上，在海裡

更多……

想，不敢想的

不確定的里程，就在

那座大橋延伸之後更遠的

變成更長，夢境也更加寬廣

直達天庭，比南方

更南，更藍有南十字星

在指引，在呼喚

不確定的里程……

（2017.10.24／00:20廈門海滄漁人碼頭愛筑精選酒店405）

周遊列國在途中

霜降後數日。今天，還有
大太陽，
我離開海滄漁人碼頭時，
也把昨天上午的太陽，一起
帶進城裡來。

這兒是嵩嶼南一里，
是新城市的一部分，高樓疊起
又林立，大多四五十層
高過我的仰度六七十，
我寄住的，算是鬧中取靜
專門提供給外來
從事文化教育工作的人士，打尖歇息
要是至聖先師
孔子也來到，我想
祂老老人家也肯定會喜歡這裡；

這裡，就這麼明白直接叫作
教師酒店。不過，我們是
不會在這兒喝酒，當然就不可能鬧酒
更不會鬧事了！我們都還有點兒

自知之明，我們都還有

很多工作，明天下午

我就離開這裡，繼續上路……

（2017.10.26／07:16廈門海滄嵩嶼南一里教師酒店1117）

我在夢裡

昨兒我在一個

特殊的講堂，那兒是

孔子的，祂老老老人家的講堂

我晾在那裡，

發呆，祂告訴我

兒童是兒童，不是人

是天使，是不可小看他們

不得欺負，不得敷衍

他們是真人。你呀！

祂直指著我說，你好為兒童寫詩

你千萬不可教訓他們；我告訴你，

我有一招，你要記住

你要蹲下來

和他們說說話，說說心裡的話

說說真誠的話……

我在夢裡，我突然驚醒了

（2017.10.26／10:17廈門海滄嵩嶼教師酒店1117）

秋天，帶著桂花香進城

金桂，銀桂。我家有棵金桂，

種在家門口，我每天出門時

都愛在這棵樹下等車，

上車下車，也在這棵樹下

秋天桂花開，我家的桂花

也盛開；在金秋時節，

我每天出門都記得

要帶桂花香進城，

我回家時，也記得

要帶著桂花香走進家門

我的桂花香，夜裡

我不只留給自己，

白天，我會天天

帶去城裡……

（2017.10.30／08:27進城捷運板南線上）

2006.2.7(49 Lin)

秋夜裡在山區的雨聲

秋夜裡的雨，在山裡

在我一個人居住的社區，

在我該睡而不能睡的夜裡，

她們最愛在我家屋頂

波浪型的遮雨棚上，細細碎碎

跳踢踏舞，聽自己細細脆脆的

舞步聲，同時喜歡敲打我

不能入睡的腦袋殼，澈夜

讓我家那部老鋼琴的黑白琴鍵，

輕輕

彈跳，黑與白

在我迷迷糊糊的意識流裡，

表演她們自己寫詩譜曲的

秋夜慢板，滴滴答答，滴滴答答

我就乖乖的成為她們

唯一的嘉賓，免費招待

澈夜聆聽……

（2017.11.03／04:50研究苑）

144

立冬，紅面番鴨怎麼想

今晚有多少紅面番鴨，
因為立冬，牠們去向不明
提早轉世輪迴？

站在什麼角度去看──
靈性思維，起點該長該短
時序忽熱忽冷，
你選擇哪邊？

細細想想，
你能有什麼可以想？除了
醉言醉語，紅面番鴨
牠們還能怎麼想？

（2017.11.07／20:32研究苑，剛由羅東回到家）

2017.10.11

【編後語】
無論在哪裡都要寫詩

林煥彰

《犬犬・謙謙・有禮》，是我的第四本詩畫集，與生肖狗年有關，因為這本詩畫集是我繼雞年2017年1月出版《先雞・漫啼・大吉》之後的作品，也是我2015年起，計畫每年出版插畫與生肖有關的書，因此書名就延續近三年來出版的三本詩畫集六個字的形式，取名為《犬犬・謙謙・有禮》，表明我作為一個愛詩愛畫，玩詩玩畫的一點心意。

2017年，我寫的詩特別多，長長短短，大約將近300首；有成人看的詩，有兒童看的詩；有大雞小雞、母雞公雞的童詩，三四十首，又有與貓在心裡對話的詩，將近60首；另有兒童詩，五六十首，已應邀提供湖南少年兒童出版社，預定2018年7月出版；至於有關貓的詩，也在準備找機會出版。我不知道自己為什麼會這樣亂寫，越寫越多；曾經有一天不知不覺，完成了六行十二首月份詩，我把它們收在這裏面，其實它們也可以單獨出版一種繪本的圖畫書，或一本月曆書。

這本詩畫集的作品，是從上述之外，整理出來的一部分作品，照樣得請秀威資訊科技公司幫忙印行，為的是要完成個人在三年前想到的一個心願，希望自己在有生之年，逐年出版一本以生肖畫作配圖的詩畫集，預計12年畫完十二種生肖畫，出齊十二本這一系列的書。

這本詩畫集中的每一首詩，我還是習慣於在每首詩之後一一注記完整的寫作日期、時間和地點，這是我長久以來習慣養成的；沒什麼道理，就是個人喜好的一種習慣。看看這一年來的詩作寫作地點，忽然感覺和發現，這一年中，我是一直在路上，與自我放逐流浪似乎沒什麼兩樣，我就是擁有一種自我放逐流浪的心靈，但要感謝上蒼給了我健康的身體和正向喜樂的心情，隨時可以接受不同的考驗和挑戰，隨時可以移動，走向很多以前沒有去過的地方，做巡迴演講，和成千上萬喜愛詩的朋友們分享；從七八歲的學童，到七八十歲的詩的愛好者在一起。當然，我應該感謝很多人，他們就是我生命中的貴人；因為他們樂意給了我機會和時間、支持我，陪伴我可以一直和詩在一起，讓我在晚年自己孤寡生活時都不會感到孤單。

　　今年我走過的地方，特別多；比往年還走得更遠。在台灣，我去了宜蘭、羅東、冬山、台東、三峽、淡水、三芝、桃園、新竹、台中、台南、學甲、佳里、白河、永康、官田等，有些地方一去再去；在中國大陸，我去了南京、廈門、常州、福安、福州、武漢、海滄等；至於國外，我去了泰國曼谷、是拉差、芭塔雅；澳洲，去了布里斯班、黃金海岸、墨爾本、菲律浦島、坎培拉、雪梨、藍山國家公園大峽谷等等。除了澳洲，純粹旅遊和探親之外，大多與講學、開會有關；而今年我能有這麼多詩作的收穫，我想也與這樣頻繁的移動，有不同感受、體會和心境，是有極大的關係；我每一趟講學之旅，都有豐碩的收穫，我相信有不同的見聞、生活、文化刺激，必然會增進產生新的思維和發想，因此我可以寫更多的詩，希望和更多愛詩的朋友們分享，當然也很需要讀者批評和指教。

不論在哪裡，我都要寫詩。我玩詩玩畫，也已經習慣；我活著，我知道我要認真寫詩，讓詩活得比我更久。

感謝還是須要的；首先，感謝兩位詩人：宋熹和卡夫，他們都在百忙之中應邀幫我寫序，對我有很大的鼓勵。除外，就是年年都支持我的秀威總經理宋政坤先生，和年輕優秀的主編徐佑驊小姐。我由衷感謝他們，祝福他們。

（2017.12.07／09:42　研究苑‧聽雨聲）

閱讀大詩39 PG2021

 犬犬・謙謙・有禮
　　——林煥彰詩畫集

作　　者	林煥彰
責任編輯	徐佑驊
圖文排版	楊家齊
封面設計	楊廣榕

出版策劃	釀出版
製作發行	秀威資訊科技股份有限公司
	114 台北市內湖區瑞光路76巷65號1樓
	電話：+886-2-2796-3638　傳真：+886-2-2796-1377
	服務信箱：service@showwe.com.tw
	http://www.showwe.com.tw
郵政劃撥	19563868　戶名：秀威資訊科技股份有限公司
展售門市	國家書店【松江門市】
	104 台北市中山區松江路209號1樓
	電話：+886-2-2518-0207　傳真：+886-2-2518-0778
網路訂購	秀威網路書店：https://store.showwe.tw
	國家網路書店：https://www.govbooks.com.tw
法律顧問	毛國樑　律師
總 經 銷	聯合發行股份有限公司
	231新北市新店區寶橋路235巷6弄6號4F
	電話：+886-2-2917-8022　傳真：+886-2-2915-6275

出版日期	2018年5月　BOD一版
定　　價	300元

國家圖書館出版品預行編目

犬犬.謙謙.有禮：林煥彰詩畫集 / 林煥彰作. --
一版. -- 臺北市：釀出版, 2018.05
面；　公分. -- (閱讀大詩；39)
BOD版
ISBN 978-986-445-252-1(平裝)

851.486   107003681

讀 者 回 函 卡

感謝您購買本書，為提升服務品質，請填妥以下資料，將讀者回函卡直接寄回或傳真本公司，收到您的寶貴意見後，我們會收藏記錄及檢討，謝謝！
如您需要了解本公司最新出版書目、購書優惠或企劃活動，歡迎您上網查詢或下載相關資料：http:// www.showwe.com.tw

您購買的書名：＿＿＿＿＿＿＿＿＿＿＿＿＿＿＿＿＿＿＿＿

出生日期：＿＿＿＿＿年＿＿＿＿＿月＿＿＿＿日

學歷：□高中 (含) 以下　　□大專　　□研究所 (含) 以上

職業：□製造業　□金融業　□資訊業　□軍警　□傳播業　□自由業
　　　□服務業　□公務員　□教職　□學生　□家管　□其它＿＿＿

購書地點：□網路書店　□實體書店　□書展　□郵購　□贈閱　□其他

您從何得知本書的消息？
　　□網路書店　□實體書店　□網路搜尋　□電子報　□書訊　□雜誌
　　□傳播媒體　□親友推薦　□網站推薦　□部落格　□其他＿＿＿＿＿

您對本書的評價：(請填代號　1.非常滿意　2.滿意　3.尚可　4.再改進)
　　封面設計＿＿＿　版面編排＿＿＿　內容＿＿＿　文／譯筆＿＿＿　價格＿＿＿

讀完書後您覺得：
　　□很有收穫　□有收穫　□收穫不多　□沒收穫

對我們的建議：＿＿＿＿＿＿＿＿＿＿＿＿＿＿＿＿＿＿＿＿

＿＿＿＿＿＿＿＿＿＿＿＿＿＿＿＿＿＿＿＿＿＿＿＿＿＿

＿＿＿＿＿＿＿＿＿＿＿＿＿＿＿＿＿＿＿＿＿＿＿＿＿＿

＿＿＿＿＿＿＿＿＿＿＿＿＿＿＿＿＿＿＿＿＿＿＿＿＿＿

11466

台北市內湖區瑞光路 76 巷 65 號 1 樓

秀威資訊科技股份有限公司　　　收

BOD 數位出版事業部

....

姓　　名：＿＿＿＿＿＿＿＿＿　年齡：＿＿＿＿　性別：□女　□男

郵遞區號：□□□□□

地　　址：＿＿＿＿＿＿＿＿＿＿＿＿＿＿＿＿＿＿＿＿＿

聯絡電話：(日) ＿＿＿＿＿＿＿＿＿＿　(夜) ＿＿＿＿＿＿＿＿＿＿

E-mail：＿＿＿＿＿＿＿＿＿＿＿＿＿＿＿＿＿＿＿＿＿